세상에 없는 당신을 기다리다

세상에 없는 당신을 기다리다

이성목

천년의
시 작

어떤 연애의 일
그 어떤 사랑의 일
생의 많은 일들이

'모른다'는 마음이 되었다

차 례

시인의 말

제1부

몸이 먼저 아픈 것이 사랑이다

제2부

세상이 말리는 사랑을 내가 하였으니

제3부

당신을 가져야겠다고

제4부

뜨거운, 눈물로 지고 싶다

제1부

몸이 먼저 아픈 것이 사랑이다

거울

우리는 언제나 마주 보고 있지

서로에게 들어가지 않으려고

서로의 바깥에서
안을 살피고

눈가에 주름이 생겼네, 웃고
머리카락이 자랐네, 다시 웃고

우리는 이렇게 투명해서
서로에게 아픈 사람이야

서로의 얼굴에 입김을 불어
열린 눈을 닫아주지만

우연도 약속도 없는
어느 한날한시에 우리는 또
서로의 눈으로
서로를 바라보고 있지

무화과를 먹는 저녁

지난 생에 나는 거기 없는 당신을 기다리는 벌을 받고 울다가 내 안으로 들어와 몸져누운 날이 있었습니다

모두가 우두커니 서서 육신을 익혀 가는 계절, 몽둥이에 흠씬 두들겨 맞은 듯 엉덩이에 푸른 멍이 번지던 저녁이 있었습니다

한 시절 몸을 탐하느라 나를 잊을 뻔도 했습니다 아파하려고 꽃이 나에게 왔었다는 것, 위독은 병이 아니라 이별의 예각에 숨어 피는 꽃이라는 것조차

거기 없는 당신을 기다리다가 끝내 당신 속으로 들어간 마음이 진물처럼 흘러나와 어찌할 수 없을 때, 바람은 스스로 지운 꽃 냄새를 풍기며 선득하게 나를 지나가고 말았습니다

당신이 없다면 어느 몸이 아프다고 저렇게 큰 잎을 피워내서 뒤척일까요

아무렇게나 태어난 아이들이 골목길로 꿀꺽꿀꺽 뛰어
드는 환청, 꽃을 숨기느라 땅이 저물고 하늘이 붉어지는
것을 몰랐습니다

 세상에 태어난 적 없는 꽃 냄새가 당신도 없이, 입안
에 가득하였습니다

뼈다귀해장국에 대하여

몸이 먼저 아픈 것이 사랑이다
그대, 갈비뼈 같은 애인을 만나거든
시장 골목 허름한 밥집으로 가라
세상이 다 버릴 것 같았던 뼈에 우거지 덮어
불룩해지는 뚝배기 속을 보라 뼈는
입김을 뿜어 그대 얼굴을 뜨겁게 만질 것이다
마음이 벼랑 같아 오금을 접고
캄캄한 구석에 쪼그리고 앉아
정강이뼈 쓸어안아 보지 않은 사람은 모른다
보잘것없는 뼈마디 하나가
얼마나 뜨거워지는 것인지 모른다
뚝배기 두 손을 모아 감싸는 경배
그 손바닥 가득 번지는 것이
몸을 다하여 그대 만나려 하는 뼈의 몸짓이다
그래서 뼈는 뜨거운 것이다
한때 나도 여자의 등골을 빨아먹으며 산 적이 있다
무슨 짐승인지도 모를 뼈를 발라내며
뜨거운 신음을 숟가락으로 퍼먹으면서

몸속 가득 뼈를 숨겨 놓고 살냄새 풍긴 적 있다
그대, 갈비뼈 같은 애인을 만나거든
뜨거운 눈물에 뼈를 먼저 적셔라
뼈아픈 것이 사랑이다
그것이 진국이다

나무가 바람을 만나는 시간

몸이 얼고
다 얼어터진 후에야 비로소 바람을,
나무가 가지를 휘어 안고
등을 쓸어내린다

아픈 데 없느냐
내가 널 잊었겠느냐

바람이, 제 품에서 우는 것을
늙은 나무는
뼈를 뚝뚝 꺾어내며
보여 주려 하지만

나무는 모른다
바람은 제 목소리가 없다는 것을
울음이 없다는 것을

끝내는

나무의 뼈마디 으스러지는 소리만
마을까지 내려와
아궁이 군불 삭정이 같은 것이 되어
사람의 마음을
뜨겁게 달구곤 하는 것이다

별과의 일박

너를 사랑하는 날은 몸이 아프다
너는 올 수 없고 아픈 몸으로 나는 가지 못한다
사랑하면서 이 밝은 세상에서는 마주 서지 못하고
우리는 왜 캄캄한 어둠 속에서만 서로를 인정해야 했는가
지친 눈빛으로만 아득하게 바라보고 있어야 했는가
바라보다가 죽어도 좋겠다고 너를
바라보다가 죽어도 좋겠다고 나는
한숨도 못 자고 유리 없는 창문을 열었다가
닫았다 우리 이미 늦었다고 생각했을 때
어디선가 별이 울음소리를 내며 흘러갔고
어디선가 꽃이 앓는 소리를 내며 돌아왔다
그건 언제였던가
어깨 위로 비가 내리고 빗방울 가슴 치며 너를 부르던 날
그때 끝이 났던가 끝나지는 않았던가
울지 말자 사랑이 남아있는 동안은
누구나 마음이 아프다고
외로운 사람들이 일어나 내 가슴에 등꽃을 켜준다
가난한 사람들이 먼저 일어나 별빛을 꺼준다

녹는 눈사람

어떤 기도가 있었습니다

사랑에 불이 붙지 않게 해달라고 눈물 그치지 않는 사
람입니다
사랑만은 뜨겁지 않도록 해달라고 눈을 뭉쳐 가슴을
채우는 사람입니다

다시 기도가 있었습니다

사랑이 우리를 덮치는 날에는
흔적도 없이 사라지게 해달라고 검은 입의 묵상을 그
치지 않는 사람입니다

응답이 있었습니다

자두가 익었다

자두가 익었다

시다는 말
달다는 말
가지에 주렁주렁 매달린

말을 혀에 굴리며
얼굴이 발개지도록
자두를 추억했다

맛이 들었다는 건
잘 견뎌낸 시간의 기록들이
차곡차곡 쌓였다는 것

자두의 사진첩을 꺼내 보며
시고 달다는 말의 눈부심으로

우리도

조금씩 익어가고 있었을까

그날, 우리는 함께
자두 안으로 들어가
눈부시게 눈을 감았다

끓는 물

저 투명하게 지워진 물의 기억 속에도
물결이 남아있을까

그대 몸에 손을 댄다 그렇게 뜨거웠다던
사랑의 신열은 아직도
끓는점을 지나가지 못한 것 같았다

불이 닿자
희고도 눈부신 그대의 영혼이
물의 몸을 벗어던졌다

나는 뜨거운 물의 날개를 잡으려 했다

그대 기다려주지 않았다
손바닥에
그대 살던 물집 하나 남아
내 사랑 이토록 쓰라리고 아픈 것일 뿐

한번 불을 본 물은
어떤 형식에도 묶이지 않았다

까치산 곰달래길

소식 듣고, 거기, 지상의 한 길 찬찬히 들여다봅니다. 잘못 온 것은 아닐까. 처음에는 높은 산인 줄 알고, 나중에는 아예 나무 꼭대기에 놓인 듯 까마득했던, 공중의 집을 만났습니다. 그곳에서 병든 새처럼 숨고 싶었습니다. 산의 이름, 길의 이름, 당신 이름의 두근거림, 쿵쿵거리는 발자국 옆에 뜨겁게 사정을 하며, 이 물건은 이런 데나 쓰는 것이 아니다, 진저리 치며 울음이나 눈물, 그런 것들은 이미 내부의 상처를 씻은, 상처의 더러움을 내보내는 길이었으니까, 길은 산의 이름을 만나 끝나야 하는 것, 그럴 때 너무 늦은 것은 아닐까. 서른을 아득하게 지나 그곳에 닿아, 자꾸 안타깝게 돌아보는 길의 바깥, 산의 바깥, 당신의 바깥, 이 모든 내부를 씻어낸, 저무는 저녁, 거기, 몽환 같은, 등불 환하게 켜고 기다리는, 공중의 유곽처럼, 집이 떠있습니다. 잘못 온 것은 아닐까, 여길까, 어딜까, 그런 모든 의문형 골목과 전봇대와 집들이 검은 터널을 훨씬 지나 세계의 바깥으로 멀찌감치 물러나 주는 바로 그런 순간에 딸깍 문고리 풀어주는, 지친 새 한 마리, 아직도 새 한 마리 없는

길 밖의 모텔

그대 용서하기 위하여
새벽, 홀로 욕조에 앉아 때를 민다
축 늘어진 배를 씻는다

이렇게 뻔한 몸을 나는
왜 그토록 두려워했을까

나를 용서하기 위하여
그대, 이 많은 먼지와 굴곡을 데리고
나를 다녀갔다는 말, 기억한다

그대 말대로
받아들일 수 없는 것은 세상의 일이 아닐 것이다

이미 제 몸에 길을 내는 욕조의
저 물결, 저 흔들림이
내 몸을 읽어낸 상처임을 보여 준다

봄날은 갔다

울 수도 없을 만큼
눈부시게 그대 떠나서
이 울음 울컥 삼키고 나면
누가 알 것이냐

꽃 둥글게 피어, 나는
조금도 아프지 않고
그립지도 않아 기쁘게 우는
이 더부룩한 속내

잘 가거라 한때
난……, 뼈아프게 행복했고
난……, 아무렇지도 않다

눈물 그렁그렁해진
저 세월에 몸 뚝 떨구고 나면
다시는 건져지지 않을
분분했던 한 시절

그대 알 것이냐
울 수도 없을 만큼
눈부시게
봄날은 갔다

꽃, 나무를 찾아서

그대, 꽃다운 나이에 꽃 피지 못하고
불혹에 다다른 나를 찾아왔네

불볕처럼 뜨거웠으나 지금은
사라져버린 봄날에 대하여 말해 주었다네
이미 가지에는 과일이 농하고
나는 꽃을 기억하지 못하는 불구가 되었다는 것도

늦었다 너무 늦었다
지친 잎들이 붉은 얼굴로 나를 뛰어내렸네

아무 말도 하지 않으려네
꿈에조차 볼 수 없던 것이 만개였으니
모든 꽃들이 결국 지고 마는 것이라 해도
나는 받아들이려네

세상의 뒷마당 한구석에 얕게 내렸던
나무뿌리 뻐근하게 힘을 주는 동안만이라도
순간만이라도

노끈

마당을 쓸자 빗자루 끝에서 끈이 풀렸다
그대를 생각하면 마음의 갈래가 많았다
생각을 하나로 묶어 헛간에 세워두었던 때도 있었다
마당을 다 쓸고도 빗자루에 자꾸 손이 갔다
어쩔 수 없는 일이었지만, 마른 꽃대를 볕 아래 놓으니
마지막 눈송이가 열린 창문으로 날아들어
남은 향기를 품고 사라지는 걸 보았다
몸을 묶었으나 함께 살지는 못했다
쩡쩡 얼어붙었던 물소리가 저수지를 떠나고 있었다
묶었던 것을 스르르 풀고 멀리서 개울이 흘러갔다

편육처럼

내 살을 이렇게 저며낼 수 있다면
너무 얇아 생이 투명해질 때까지
칼날 위에 나를 거듭 눕힐 수 있다면
그리하여 이 깊은 춘궁
당신의 혀에 감겨
아주 잊혀 버릴 수 있다면

제2부
세상이 말리는 사랑을 내가 하였으니

풀잎에게

바람이 그대를 흔들고 갔다는 소식, 들었습니다 그대 꼿꼿하지 못해서가 아니라, 누군가의 울음을 그대가 참고 있기 때문이라고 그대 한순간에 바람을 흔들었다는 소식, 들었습니다

그대 티끌이 되어 눈 속에 콕 박히는 느낌, 생각해 보니 소식보다는 언제나 전율이 먼저 옵니다 그렇습니다 그대가 초록에 물드는 시간을 평정한다는, 가을입니다

모든 소식 끊어주십시오 이제 불멸을 약속하지 않겠습니다 다만, 그대를 대신하여 울어줄 울음이 내 안에도 가득합니다

적소에서

꽃 지는 소리 시끄러워 문을 닫아둡니다
솜이불 귀를 떼어 바람의 귀를 막습니다
아침에는 탱자나무 울타리에 굴뚝새 날아들어
까칠해진 공중에 손바닥 도장 찍어둡니다
깃털이 폴폴 날고, 그 이른 시각에
부엌에서 무얼 하다 나오는지 부지깽이
벌겋게 단 얼굴을 물웅덩이에 댑니다
빨랫줄에 걸어둔 젖은 길
마르지도 못한 채 염문은 시들합니다
저녁에는 방 안에 헛기침 가득 들어차서
모로 누울 자리조차 없습니다

세상이 말리는 사랑을 내가 하였으니

종일 발자국 중얼거리는 댓돌 아래
개가 물어다 놓은 뼈마디
욱신욱신 아픈 것을 모르겠습니까

마음 드나드는 소리 아뜩하여
몸의 문을 닫아둡니다

짝사랑

높고 긴 담장 아래서
유리 조각 박힌 어깨를 넘보네
그대 사는 집
담장을 기어 넘으며
넝쿨 장미처럼 붉게 가슴 베어도 좋았을
내 스무 살의 짙은 그림자
둘둘 말아 거두어 가려 할 때
오래 앓던 그대 하얀 얼굴로 밖을 보네
내가 차마 넘볼 수 없는
그대 사는 집
문 굳게 잠겨있어도 알 수 있네
담장의 유리 조각
칼보다 더 깊게 눈시울에 박혀도
볼 수 있네 그대
손가락 깨물어 담벼락에 흩뿌린 말들
내 눈에 그렁그렁 고여 들어
이렇게 맑은 눈물
멈추지 않네

몸 없는 사랑

바람에 나뭇잎이 흔들린다

몸이 없는 사람과도 사랑을 나눌 수 있다는 듯이
몸을 뒤집어 떨고 있다
몸이 없는 사람의 심장과 맥박을 고스란히 짚은 듯이
몸이 찢어지도록 몸부림친다

나무의 신념은 잎을 버리고서라도 서있겠다는 것

신념의 말단에서 위태롭게 시작하는 나뭇잎
갈가리 찢어버리는 몸 없는 사랑의 결말까지도
결코 뿌리를 흔들 수 없다는 것

그리하여
몸 없는 고통과 신음이 죽도록 시끄러운 자가 있어
밑동을 잘라주기를

나뭇잎이 바람을 흔들고 있다

풀어 다시 짤 수 없는 옷

저, 몸을 함께 짜 맞춘 아비와 어미도
올 하나 풀어내지 못하였다
그는 매듭을 가졌다 몸속에 질긴
생이 올가미처럼 묶인 스무 살이었다
의사는 눈동자에 고인 검은 호수를 들여다보거나
일렁이는 수면에 청진기를 대볼 뿐이었다
어미가 앞섶을 열어 헤쳐 꺼낸
돌덩이 같은 실몽당이 하나
아비는 실을 풀어주고 어미는 다시 옷을 짰다
손댈 수 없어 눈짐작만으로 짰다
시간이 없다 아파서 뒤틀리는 그에게
너무 성글어 축 늘어진 저 작은 그물로
고통에 파닥거리는 육체를 건져 올릴 수 있을 것인가
어느 때는 헐렁하고 또 어떤 날은
바늘조차 꽂을 수 없이 촘촘한 혈관들
활활 풀어 새 옷을 짜지 못했다
풀어 다시 지을 수 없어 매듭을 잘랐다
모든 어미는 매듭 하나 없는 실몽당이를 품고 있다

실몽당이가 마구 가슴을 주먹질해 대는
밤이면 몰래 그걸 꺼내 아비와 함께 옷을 짠다
깜깜한 어둠 속에서 눈짐작만으로 짠 옷이
엉키거나 올이 나가도
그 옷을 풀어 다시 짜지는 못한다

봄눈

온다 문득 사라질 것들이 온다 이마에 이마를 부딪치
며 눈시울 뜨겁게 온다 여러 목숨이 한 몸을 부리러 온다
새와 구름에 쓸모를 다한 허공을 빌려서
　온다 처음인 듯 온다 아무것도 아니게
　온다 나에게 온다 와서 더러워지려고 온다 더러운 나
를 덮어주려고 온다 소용없는 일로 온다

　몸을 받아서 뉘이며 나직하게 물어보면 안 되나
　이제 다 버렸는가 내 공중이었던 사람

구두의 시대가 왔어요

바닥으로 살아가야 하는 때가 되었어요
바닥을 떠받들고 살아야 하는 시절이 왔어요
문 앞에 쪼그려 앉아, 귀를 안쪽으로 모으고
함께 쓸쓸한 밤을 보내야 하는 짝이 되었어요
여보, 우리는
비명이 징 박힌 켤레가 되었어요
오로지 발을 받으며 발을 경애하며
어쩔 수 없는 냄새에 대하여
뒤축에 쏠리는 불평등한 무게에 대하여
이제 침묵하는 법을 배워야 해요
입을 쩍 벌리는 그 순간이 버림받는 삶이 되는 것은
또 우리들뿐이겠는가
검은 구두 시대가 다시 온 것을 속삭여야 해요
여보, 우리는
혼자서는 버려질 수 없는 켤레가 되었어요

화면 조정 시간

그때 세상은 얼마나 지루했을까

할 일 없는 오후가 긴 하품을 하며 옆으로 누워있었다
약간의 떨림과 홍조가 없었던 건 아니었다
언제나 채널은 내가 바라보는 반대 방향으로 휙휙 돌
려졌다
다 똑같아요 뭐 별거 있겠어요 잡음처럼 지지직거렸으나
무엇이 시작되기 전, 지루한 화면은 계속되었다

어긋나 있는 간격과 중심을 미세하게 다 조정하는 사
람은 드물다
붉고 푸름의 적당한 중간, 검고 흰 간격의
적당한 자리를 잡고 살아봐야 아는 삶이 있다
잘 맞추었다고 기다린 배우의 얼굴이 너무 붉어
다시 푸른색을 찾는 동안 드라마는 막장에 이르기 일쑤다
처음부터 맞추어놓고 살거나 어긋나거나
어떻게든 끝나게 되어있는 것이 있다 끝이 나야만
길고 긴 밤이 본격적으로 드라마틱해지는 것이다

늦게 온 당신도 나를 이리저리 돌려보더니
잘 맞추어지지 않는 눈치였다
돌려볼 채널도 몇 되지 않는 나였다

다 지나간 옛날이야기다

사막에서

공중에서 내려다본 도시는 선인장 군락 무성한 사막입니다 사랑은 뜨겁기만 할 뿐 차라리 적막에 가깝습니다 모든 소리는 사구 아래 비밀의 통로를 지나갑니다 느리게 사람들은 선인장 물관을 따라 올라가 저무는 지상을 내다보고 돌아갑니다 눈에 돋은 가시가 붉게 그러나 피한 방울 없이 가슴을 찌릅니다 모든 생애 모든 순간들이 멀티비전 화면 속으로 번쩍이며 사라집니다 썬랜드 홈 201호 사방연속무늬 벽지 이미 뜯겨져 추억은 당신을 증명하지 않습니다 당신의 모든 형상은 바람에 휩싸인 모래언덕에 무너지는 내 어깻죽지에 아프게 꽂혀 있습니다 이제 사랑은 소멸하지도 부활하지도 않게 되었습니다 나는 이미 바람의 발자국에 감염되고 시도 때도 없는 육욕에 노출되었습니다 점점 희미하고 낡고 병이 깊어 당신 말 귓속에 담아두지 못하고 쏟아버렸습니다 잊히는 것이 가장 두려워요 선인장 가시 꺾어 붉은 손바닥 편지를 씁니다 혈관 속으로 모래가 흐르고 눈은 어둡습니다 검은 눈으로 당신의 홀로그램을 바라봅니다 신기루 같습니다

그러나 비로소 여기 또렷해지는 것이 있습니다 쉼표
처럼 마침표처럼
　　무수한 생의 종지부들
　　모래알들

옛사랑, 서울역 광장에서

별이 되려다가 실패한 인생들이 별을 보며 병나발을 불
었다

환속에 실패한 그림자가 지하도 계단에 앉아 등을 구
부렸다

세상의 호명을 기다리던 자판기 속

분내 나는 화장지 한 겹 한 겹 광장 모퉁이로 모여들었다

말의 단맛을 본 공중전화는 어떤 시대와도 소통되지 못
하고 결국

울음을 터뜨렸다 저쪽의 부재를 알리는

단속음이 오래 들려왔다 야음을 틈타 상경했던 완행열
차 쇳소리 같은

추억이 잠시 서울에 세 들어 살다가, 서울이 되려다가

실패한 신도시와 함께 총알택시를 타고 떠나고 있었다

한때 너도 세상의 성모가 되려 했던 적이 있었다 중년의
여자는 80년대식 가투처럼 바닥에 드러누웠다 한 번만
우리 다시 피비린내 나는 섹스를 즐기지 않겠냐고 가끔은
옛날이 그립기도 했었다고 쪼그라든 젖꼭지에 담뱃불
을 비볐다

몸에 불꽃이 일던 새벽, 공중변소에 오줌을 질질 흘려놓고 나는

옛사랑 버렸다 버린 놈에게 무슨 놈의 인생이 있겠냐고 진저리 치며

미화원들이 리어카마다 깨진 불알을 소복하게 쓸어 담았다

서울의 일박이 실패한 사랑을 신고 어디론지 떠나고

집 나온 똥개 한 마리 미명을 가로질러

넥타이를 질질 끌며 광장 밖으로 걸어 나가고 있었다

옛사랑, 포도밭에서

옛사랑 여자와 마주 앉아 포도를 먹는다
껍질을 벗겨 내며 한낮 뜨거웠던 알몸을 추억하는 동안
지나간 세월의 껍질이 소복하게 쌓인다
다시는 버리지 않으려고 움켜쥐었던 손바닥으로
달게 흘린 옛 시절의 눈물이 흐른다
삶이 가끔은 그럴 때가 있다
움켜쥐면 쥘수록 손아귀를 빠져나가는 포도의
알맹이처럼, 껍질처럼 제각각 버려질 때가 있다
이제 와서, 버렸던 옛사랑의 굵은 눈망울과
식탐을 앞세워 마주 앉는 쓸쓸함이여
눈을 감았다 뜰 때마다 포도알처럼 홀러덩 벗겨지는
그의 검게 젖은 눈동자 속, 아직도 보인다
나는 나의 껍질을 잡고 더 오래 버틸 수 없어
옛사랑 떠났던 적 있다. 포도 알맹이처럼
모든 아픈 육신을 황홀하게 뭉개어줄
세상의 혓바닥으로 순순히 들어섰던 적이 있다
어떤 약속, 어느 넝쿨손에 깍지를 끼어야 하는지
어느 바닥에 내뱉어지는 껍질이 되는지 알지 못하고

옛사랑 버린 적이 있다. 사무침이여
지금은 시간이 발끝에 소복하게 쌓이는 오후
늙은 옛사랑 여자의 음부처럼 너덜해진
포도 껍질, 쓸어 담는 손바닥이 홍건하게 젖는다

봄, 알리바이

여자의 몸에서 휘발유 냄새가 났다 담배에 불을 붙이며 꽃들은 만만한 나뭇가지를 골라 호객을 일삼았다 나무들은 비틀거리며 꽃 가까이서 꽃값을 흥정했다 이미 몸에 불을 당긴 꽃잎이 재처럼 떨어졌다. 꽃을 만났던 나무들은 순한 잎의 옷을 걸쳐 입었다 내 몸에서도 휘발유 냄새가 났다

기억한다

나는 붉고 여린 수술을 내밀었을 것이다 목련은 순백의 꽃봉오리를 활짝 열었으므로, 세상과 나는 서로 결백했을 것이다

기억한다

그해 3월 마지막 날, 영등포 선반 공장 뒷골목, 홍등가, 절삭유 질펀한 바닥, 생의 마디가 손가락처럼 잘려나가던 어둠 속, 늙은 가로수처럼 서서 전화를 했으며, 안산행 총알택시를 탔다

멀고도 아득했던
불혹에 닿아 몸의 곳곳에 만져지는 꽃자리 아직도 아

프지만

　　그곳에는 꽃도 나무도 없었다 나도 그때는 세상에 없
는 사람이었다

은행나무에 관한 추억

그의 집 창가에 은행나무 한 그루 서있었는데
가지 하나가 담을 넘어서고 있었는데
마치 그건 긴 고양이 울음 같았는데
이러면 안 돼, 이러면 안 돼
나무가 잎을 피워내는 동안 우리도
무엇에 자꾸 부풀어가고 있었는데
전율이란 그런 것이었지
허공과 허공에 나무가
잎을 건네며 무엇을 말하려 하는 동안 우리도
무엇을 자꾸 말하고 있었는데
은행나무 안에는 짐승이 살고 있어서
뿌리가 뿌리를 흙투성이로 덮치는 순간 열매를 맺는다는
그런 말, 입에 단내를 풍기며 했을 것인데
그는 누구였을까 은행나무 가지에 익다 만
울음소리 주렁주렁 맺혔다가 떨어지던, 그런
황망히 바라보던, 그런
왈칵 쏟아지던, 그런

용암이 흘렀던 자리

당신, 지워버릴 수 없어요

나는 흙이었고 당신은 내가
뜨겁게 구워낸 발자국

내 가슴에 쿡쿡 찍힌,

잘못 찍힌
흔적이란 말 마세요

내가 내 살을 파내고 새겨 넣은
당신을, 당신이

제3부

당신을 가져야겠다고

경전

여자의 엉덩이에 빨대를 꽂고
여자를 빨아먹는다

여자는 신문지처럼 납작하게 접힌다

여자를 한 장 넘긴다

여자를 읽을 수 없다

키스

숨소리 아찔하여 눈을 감는 일
눈을 감고 눈부시게 너를 보는 일
땅에서 발을 떼고 새털처럼 가벼워지는 일
구름의 품에 손을 넣고 뭉게뭉게 만져보는 일
하늘 바다에 뛰어들어 허우적거리며 숨을 참는 일
꼭 너에게만 죽게 해달라고 기도하는 일

밤의 놀이터

그가 가고 그의 그림자만 남은 때였다
그림자를 앉히고 시소를 타는 순간이었다

불가능한 밤이었다

그네가 혼자서 멈추었을 때
그림자는 가고 그가 여기 남았던 시간이 있었다

당신은 나에게 검은 그림자를 남길 거예요

마음의 어느 구석에도

그러나 우리는 빛이 없었다

그 저녁의 흐느낌처럼

어둠에 등을 대고 부음을 듣는다
목덜미를 스쳐 어깨를 넘어가는
울음은 주름살 사이에 고여도 깊다
그렇게 떠날 것은 무엇인가
기별을 꽃처럼 전할 것은 무엇인가
맺혔다가 풀리고
풀려서 수런거리는 강물이
한 몸을 받아 철렁 내려앉은 봄날
낮고 아득한 흔들림에 귀 기울이는데
꽃잎 한 장 이마를 짚는다
그 찬 손에 화들짝 깨어나면
얼굴 가득 번지는 열꽃
붉게 피었다 져도 나에게는
아직 오지 않은 사람이 있는 듯도 하건만
사는 일이 이렇게
어둑해질 것은 또 무엇인가
당신에게 살을 섞어도 모를
나는 누구냐고 자꾸 되물으며 여자가

아이를 지우고 돌아온

그 저녁의 흐느낌처럼

아파서 손댈 수도 없는

멍이 배에 가득 번지는 것처럼

등 뒤의 사랑

나를 만나러 오실 때는
등 뒤로 오세요
당신이 오는 것을 모르는
오는 것이 당신인 것을 모르는
세상에 없는 기척으로 오세요
얼굴을 지우고 검은 털로 가린 뒤편
내가 나를 온전히 모르는
유일한 나에게로 오세요
내 등에 당신의 푸른 칼을 꽂아도 좋아요
칼을 받은 전율이 오금을 먼저 접어
무릎을 꿇고서야 끝나는
참혹으로 오세요
돌아보아도 돌아보아도 보이지 않는
이미 내가 된 당신으로 오세요
등골 써늘하게 오세요
세상에 없는 두려움으로 오세요
사로잡힌 그림자가 가슴 안에서 쿵쾅거리는 그때
당신의 푸른 칼을 꽂으러 오세요

당신의 푸른 칼이
가장 깊은 명치를 지나
마침내 나를 지나
지금은 당신의 등 뒤로 내가 다가서는 순간입니다
온전히 당신이 당신을 모르는
유일한 당신에게

한여름 밤의 꿈

당신은 등불처럼 희미하게
밤이 깊도록 눅눅한 옷을 개고 있어
아이들은 당신 곁에 잠들어 있어
선풍기 잠시 고개 돌려 숨을 고르는 동안
나는 아빠처럼
아이들의 아빠처럼 늦은 귀가를 하지
개다 만 옷가지 아무렇게나 잠이 들면
잠든 사이 우리도 사랑을 나눌까
땀에 젖은 말들이 거실을 서성이는 사이
뒤꿈치를 들고 바퀴벌레 모여들지
아무래도 저 많은 발들은 밤새
한숨도 자지 않고 땀 흘리며 무엇을 할 것이다
생각 사이로 새벽이 오는지
당신 이마에 뜨거움이 번지는데
서러움이 목에 가득 차오르는데
눅눅한 옷가지 푸릇푸릇 잠을 깨워
나는 남편처럼
당신의 남편처럼 이른 출근을 하지

동충하초

동물들은
이 땅을 떠나기 위하여 뿌리를 가지지 않는다

무릇 식생이란
머물러 살기 위하여 발을 가지지 않는다

한 줌 움켜쥘 수 없는 발과
한 발자국도 뗄 수 없는 뿌리가
서로 고립무원이 되는 것을 본 적 있는가
할퀴고 찢기는 것을 본 적 있는가

떠나야 하는 것과 머물러 살아야 하는 것
그 오도 가도 못하는 순간
마침내 그들은 완성된다

짐승만도 못한 내가
꽃 같은 당신을 업는 것처럼

오돌뼈

남의 살이 간절히 그리운 날
당신 손목을 이끌고 뒷고기집에 갑니다
지글지글 살 익는 냄새에
콧구멍 벌렁벌렁 넓어져서
그 뻔한 돼지의 일생 따위야 까맣게 잊는데
어금니에 오도독 씹히는 소리
살 속에 하얀 뼈가 징처럼 박혀 있습니다
살이 그리운 사람에게 그저 살일 뿐인
살 속에 무엇이 이렇게 맺힌 걸까요
사랑을 나누다가 갑자기 뜨거워져
아침까지 어금니를 꼭 물고 울던 날처럼
목숨을 바치듯 고스란히 내어주는 몸이
그저 허기나 채우는 살점이 아니라는 걸
당신이 상추쌈에 청양고추를 보태
내 입에 가득 넣어준 다음 비로소 혀가 뜨거워집니다
오독오독 몸의 말이 들리기 시작합니다

괘종시계처럼

되돌아오겠다는 맹세는 하지 못합니다
우리는 모두 앞으로만 가는 시간의 노역자들
정시마다 전생에서 이승으로 나는 태어나고
정각마다 이승에서 더 먼 곳으로 태어나는 나는
언제쯤 당신에게 이를 수 있을까요
몇백만 광년을 돌아서 이제 막 고드름 끝에 도착한 햇
살조차도
만나서는 그저 울기만 하는 봄날
한 번은 어깨, 한 번은 무릎
옷깃을 자꾸 스치기만 하는 우리
한 걸음 다가가면 한 걸음 더 가고
가만있으면 한 걸음 덜 가는 곳에서 우두커니 멀어지
는 우리
그 사이에서 꽃이 피고 잎이 지고 눈도 내리는 것이니
굳은 몸의 간격을 좁히지 못합니다
둥근 생각의 굴레를 벗어나지 못합니다

당신이 흔들리는 시계불알을 꽉 쥐어줄 때까지

발자국

처음에는 내 것이었다

나의 서사였다

지금은
누구에게도 속하지 않는 것이 되었다

나에게서 조금씩 물러나서
영영 사라져버리는 것이 되었다

내 몸에서
한때 당신이었던 것이 있다

그건 아직도
당신을 향하여 자꾸만 간다

사라지려고 간다

땅끝 등대

밤새 서치라이트처럼 울고 난
다음의 바다였다

휴대폰을 다시 켜자
떼를 지어 몰려든 문자들이 파닥거리고

아가미가 상하기 전에 그것들을
풀어주어야겠다고 찾아간 등대였다

〈철수와 영희, 사랑만 나누고 가다〉

흰 벽을 파고 새긴, 징표들이여

우리도 끝, 인 것을 알았더라면
사랑 말고 무엇을 더 할 수 있었을까

나는 부레를 부풀리고 서서
세상에 없는 당신을 오래 생각하고 있었다

옆에 사는 사람

모르는 사람이 살았습니다

나는 그 옆에서 살았습니다

우리는 제법 반가운 인사를 나누고
제법 깊은 속을 보여 줄 수도 있는 사이가 되었을 때

나도 곧 늙어갈 텐데
주름이 꼭 살아온 것만큼 깊어질 텐데
그러면서 모르는 사람과 살았습니다

나는 옆에 사는 사람
옆에 있는 사람
앞으로도 뒤로도 못 가는 사람
모르는 사람

겨우내 차갑게 얼린 몸이
봄이 되어서야 냄새를 피워 알게는 되었지만

손을 꼭 잡은 백골이 나란했다고
고드름 몇 자루가 뚝뚝 부러져서 알게는 되었지만

우리는 언제쯤 나란히 식어갈 수 있을까
식어서 육탈할 수 있을까

당신을 가지려고

당신을 가지려고 발소리를 죽였습니다
발가락 사이사이 그림자를 오려냈습니다
가쁘게 몰아쉬는 숨을 죽였습니다

가질 수 없다는 것을 알았을 때도
당신을 가져야 한다고
남아있는 생을 드리겠다고
신에게 기도를 했습니다

기도가 깊어지자
당신을 가지려고 버려둔 화분의 꽃들이 죽었습니다
배터리가 죽고 햄스터가 죽었습니다

모든 죽음이 밤새도록 나를 다녀간 다음에는
어떤 아침이 왔습니다

그리고 이내
당신을 가지려고 당신만 남기고

죽이지 못한 것들을 헤아려보는

묵상이었는지 참회였는지
알 수 없는 저녁이 또다시 왔습니다

당신도 없이
죽은 발소리와 죽은 그림자와 죽은 숨이
한꺼번에 몰려오던 날이었습니다

마지막 팩스를 받다

기다리는 그대는 오지 않고
그대의 아득한 체온만
감열지感熱紙에 찍혀서 나왔다
당신, 어쩌면……
끝맺지 못한 채 송전되어 온
편지에 손을 대자
그대 없는 빈 곳에
내 지문이 선명하게 드러났다
그리고 그대가
내 마음의 한끝을 잡았다가
놓는 소리를 들었다

삐익-, 뚜, 뚜, 뚜, 뚜, 뚜……

제4부

뜨거운, 눈물로 지고 싶다

겨우살이

겨우살이는 오리나무, 참나무 등 활엽수 가지에 뿌리를 박고 양분의 일부를 가로채어 빨아먹고 사는 반기생식물이다. 한 식물학자가 숙주가 된 나무의 영양 공급 통로를 차단하면 겨우살이가 광합성을 통하여 얻은 양분을 거꾸로 숙주에게 역류시켜 숙주를 되살려 주는지를 실험했으나, 숙주가 죽자 겨우살이도 함께 죽었다고 한다.

빨아먹고 사는 생은 푸르다

한때 나는

기미 가득한 당신 얼굴에 올려준 화관이었다

밤마다 몸속으로 뜨겁게 뿌리를 내려주던 서방이었다

나무들은 모른다

빨아먹고 사는 생이 얼마나 지독한 맹목인지

당신 죽으면 나도 죽는다

내가 몸이라 부르는 당신,

밑동 썩어 문드러진다 하여도

이 날건달 백수

아무것도 줄 것 없다

꽃 소식 아랫도리 붉게 달구는 봄날 하루 골라

다시 연애를 걸겠다

당신의 상처가 깊으면

내 뿌리도 깊어질 것이니

개울, 물소리

개울이 물소리를 내는 것은
바닥에 돌부리 하나 세우고 있기 때문이지요
아니랍니다 무얼 몰라서 하는 말이랍니다
개울에 놀러 왔던 나무가 눌러살자고
젖가슴에 뿌리를 슬쩍 디밀었기 때문이지요
대흥사 아홉 개울은 다 그렇게 짝을 짓는 것이지요
그러니 보세요 강원 문간 나무판자에
수양 도량이니 조용히 해달라지요
우리가 묵음의 길을 알기나 하겠어요 그저
어두워지기 전에 저기 마을 어귀에 등을 걸고
지도책을 펴서 큰길 샛길 우리 어디로 흐를거나
살펴보는 것이 나의 일인 것을, 밤이 오면
개울물 소리는 아무것도 아니게
우리 아름다운 소리를 만들어낼 것인데요
학인 스님들은 늦도록 허리 꼿꼿하게 세우고
물소리 죽비처럼 받아냈을 것이니
그 스님들 이마가 더 맑고 깊어졌을 터이니
대흥사 아홉 개울은 아무것도 아니게

절집 마당을 지나게 내버려 두는 것이지요
세간의 모든 소리는 소리 내는 것끼리
짝짓는 소리는 소리 그대로
도반임을 깨닫게 하는 것이지요

연리목

후박나무와 동백나무 뿌리가 뒤엉켜
한 그루가 된 나무가 있다

나는 후박나무라고 부르고 싶다
당신은 동백나무라 부르고 싶다

당신이 나에게 온 세월이면 우리도 다른 무엇이 되었겠다

무엇이 되었든 우리는 서로
여보, 당신이라고 부르면 안 될까

한 삶이 다른 삶을 끌어안아
나라고 불러도 되고 당신이라 불러도 되는
몸으로 하나가 되었던 날

우리는 우리가 되지 않기 위하여
얼마나 오래 뼈를 부딪치며 싸워왔을까

내가 지금 바라보는 당신은

당신이 아니라 나인지도 모르지만

눈부신 풍경

잎은 나무의 생각
개나리 울타리를 휙 돌아설 무렵
잎은 나무의 생각
틀림없어 당신은 육교를 건너
틀림없어 문예회관 계단 끝으로
주뼛주뼛 걸어오는 등 뒤에
푸릇푸릇 피어난 것이 나였어
당신 생각이 피워낸 잎,
내 손바닥 가득 연두색이 번지는데
우리를 기념해요
사진을 찍는 나무가 한쪽 눈을 감고
찰칵찰칵 잎을 피워내고 있었어

토담이 무너지는 동안

어느 여름 장맛비 사나흘에
젖은 토담이 스르르 무너졌다
누군가 세웠을 옹색한 높이며
거처의 안팎이나 구분 지었을 허술한 경계가
조용하게 흙으로 돌아가는 순간이었다
훗날 당신이 나를 떠나는 하루나
내가 당신 떠나는 절명이 저리 순했으면 싶어
몇 날 며칠 담이 무너진 곳을 서성거렸다
흙탕물 범벅이었던 자리
물이 길을 내고 바람이 공중을 여는 것인지
망촛대 하나 툴툴 털고 일어서
둥글게 허리를 젖히고 있었다

화선지에 수묵담채

산을 바라보다가, 몸에 고요하게 저를 포개는 바람을 보았습니다 바람이 산에 스미어 번져가는 수묵의 능선, 구름 요와 하늘 홑청 눈부신 진경산수에 우리가 훌훌 벗고 물소리 바람 소리 환해질 여백을 어루더듬으니

묵은 가마터에 불 지펴 갓 구워낸 백목련 하얀 종지마다, 바람꽃 양지꽃 겨우내 색을 걸러 고운 안료 소복하게 빻아두었습니다 개울가 능수버들 찬물에 마른 붓을 씻어 건집니다 평생을 채색할 밑그림 한 장 우리 몸을 섞어 그릴 것이니

바람이 바람 아닌 것을 흔들어 바람인 것을 보여 주듯이, 당신도 당신 아닌 나를 일깨워 당신을 알게 하는 것이라

볕에 덴 그늘 가만히 벗겨 손부채로 식혀 내는 나비의 시간, 막 피어난 꽃잎처럼 붉어 긴 혀를 꺼내 들고도 일 획을 긋지 못하였으나, 화선지를 곁에 둔 봄날이 색을 칠하는 일로 애틋합니다

칠면초 사전

지는 해에
한순간 화르르 타고 없어질 풍문도
저 혼자서는 불붙지 못하지
일곱 번 몸을 뒤채고 바꾸어
내가 당신 만났던 순간을
발화라 하겠다
바짝 마른 혓바닥에 소금이 일어
혓바늘 돋은 문장은 다 뱉어내고
화근처럼
갯벌에 몰래 묻어둔
저 붉은 명사를
당신이라 하겠다

발등에 지다

그녀는 창가에 앉아있다
발등이 발갛게 드러난
나무의 맨발에 입을 맞춘다

그녀는, 꽃을 피우기 전
단단한 껍질을 뚫어 눈을 먼저 내민다

여기, 바깥을 내다보기 위한 것이 아니다

겨우내 나무는
자신의 내부를 들여다보고 있었다
들여다보고 또 들여다본
자신의 내부를
그녀는, 꽃으로 피우는 것이다

나무의 붉은 속을
오래전부터, 여기, 마주 앉아
가슴에 담아왔다

뜨거운, 눈물로 지고 싶다
그녀의 붉은 발등에

함께 찍은 사진 한 장

당신 팔을 어떻게 내려주어야 하나

먼저 세상을 떠났으니
내 어깨에 팔을 걸치고 있는
이 넝쿨 같은 인연을 무엇이라 해야 하나

그때 곁에 서있던 옥수수는 훌쩍 자라서
팔뚝만 한 것들을 아래로 내려놓았는데

당신 어깨 너머 배경에
얼룩이 번져 둥근달처럼 환한데

세상에 없는 당신과는
어떻게 이별해야 하나

나비의 노래

바람이 빈속을 훑고 가는지
새파랗게 발목이 자라고, 시리다
이불 끝을 당겨 덮는
고치 속 마지막 밤
초근목피로는 달랠 수 없는
허기도 달랠 겸 우리
접이나 붙자
몸을 두고 나는 갈 것이다
남아일언이
연한 꽃대에 매달리는
이슬방울보다 덧없을 것이나
꼭 돌아오마
잠결에도 툭툭 터지는
꽃, 참을 수 없이 지는
헛된 맹세가
눈물겹게 너를 넘는다

저녁의 문장

이제 당신을 불러낼 문장이 필요하다

초인종이 저 혼자 딩동, 하고는 고양이처럼 사라진 다
음이다

나비 타이를 묶어야 할까
도래매듭이 좋을까
궁리를 하는지 검은 비닐봉지가 나를 올려다보는 시
간이다

내가 나를 기웃거리는 시간이다

당신을 불러낼 시간인데 오렌지가 나오면 어쩌지
짧고 단정한 문장 하나가 오렌지라고 말하면 어쩌지
내가 걸어가고 오렌지가 걸어 나와 하나가 되면 어쩌지

지금은 문장이 없는 오렌지의 시간이다

아마 우리에게도
향기가 있었다면 눈을 감는 만큼 죽었다 살았을 것이다

알맹이를 터뜨려 줄까
눈을 감아줄까
검은 비닐봉지가 오렌지를 품는 시간이다

오렌지가 오렌지를 기웃거리는 시간이다

그러나 나는 나를 데리고
당신을 불러낼 문장 속으로 들어가야 할 시간이다

당신이 여기 와서 오렌지가 되면 정말
어쩌지, 어쩌지 중얼거리며

고백

내가 사랑이라고 말했을 때, 말로 해서는 안 되는 것이 있다고 했다. 나와 당신 사이에는 말로 할 수 있는 사랑이 있었고, 말로 할 수 없는 육체가 있었다

처음이야 내가 말했을 때, 당신은 마지막을 지나 다른 처음이 되었다고 했다. 낯선 입이 있었고, 낯선 귀가 있었다. 낯설어 서로는 눈길도 마주치지 않았다

내가 당신의 마지막이라고 했을 때, 당신과 나 사이에는 말로는 할 수 없는 방언이 있었다. 말로 할 수 있는 침묵이 있었다

서로의 입안에서 말할 수 없는 말과 말할 수 있는 말이 격렬하게 소용돌이치고 있었다

청성淸聲자진한잎

바람이 불었다. 밤새 산비탈을 쓸던 바람은 날이 밝자 가뭇없이 사라지고 있었다

바람은 덧없다. 들어앉을 몸을 얻으려고 산죽을 바닥까지 휘어놓고도, 들어앉는 삶을 견디지 못하고 떠난다. 깊은 잠 속의 흐느낌처럼 소리로만 육체를 드러낸다

당신은 시김새 없이도 한 생을 이루었다 저 바람처럼, 어쩌면 몸 없이 회오리치는 것이 생일지 모른다. 하지만 당신은 소리로 인해 일어서고 드높아진 영마루 같다

바람이 누웠다 소리로 와서 소리 없이 사라질 줄 아는, 높새바람이었다

나무 밑동

의자를 두고 가서 슬프다
밤새 함박눈이 내렸다
거기, 나이테 얼룩은 내부로부터 왔으니
내려앉은 눈송이들은 흔적 없이 사라졌다
사라지면서 의자를 두고 가서 슬프다
의자라서 슬프다
뿌리로 빨아올린 물은
몸에 고여 무슨 파문을 일으켰나
깔고 앉는 슬픔이 슬프다
축축해지는 슬픔이 슬프다
몸에서 결만 남겨 두고 물을 전부 퍼낼 수 있나
톱이라면 그럴 수 있나
도끼라면 그럴 수 있나
핏자국 하나 없이
너를 내 안에 앉혀야 하는데
바닥이 몸이라서 슬프다

비명이 징 박힌 켤레의 사랑

김익균(문학평론가)

1, 거기 없는 당신

이성목 시인의 『세상에 없는 당신을 기다리다』는 서정시의 본령이 사랑의 노래라는 점을 웅변하고 있다. 2000년대에 우리 서정시가 '동일성의 시학'이라는 비판을 받았던 것은 동일성의 시학이 타자를 자신의 일부로 환원하는 폭력성을 내장한다는 혐의로부터 자유롭지 않았기 때문이다. 이번 시집은 역으로 그러한 비평적 혐의가 구체적 작품 분석을 통해 입증되기보다는 서정시 일반의 원리로 타매되었다는 '혐의'로 우리를 옭아매고 있는 것 같다. (서정시의) 사랑이 타자를 나의 일부로 환원하려는 폭력이라고 비판하기는 쉽지만 우리가 타자와 관계 맺는 방식에 따라 어떤 주체성을 구성해 왔는지 성찰하는 일은 결코 쉬운 일이 아니었다.

독일 낭만주의에서 기원하는 서정시의 '자아' 개념은 세계를 인식하는 강력한 주체로서의 '자아'를 상정하여 왔다. "그 내용은 주관적이며, 내면세계, 관찰하고 느끼는 심정은 행동으로 나아가지 않고 오히려 내적 자아 속에 머무르면서 주체가 스스로 말하는 것을 유일한 형식이자 궁극적인 목표로 취"*하는 시적 유형이라고 한 헤겔의 서정시 규정은 여전히 유효한 참조점을 준다. 더 나아가 주관성, 내면성으로 요약할 수 있는 서정시가 세계와 관계 맺는 방식 즉 시적 세계관은 '세계와 자아의 동일성' '자아와 세계의 일체감'으로 설명된다. 우리 시의 경우 지난 세기 전통 서정시, 리얼리즘 시, 모더니즘 시로 다소 편의적으로 분류되어 왔는데, 서정시를 기본형으로 하여 이로부터 변용된 서정시를 '리얼리즘+서정시' '모더니즘+서정시'로 분류한 셈이다. 이러한 분류는 2000년대 소위 '미래파'의 담론화를 계기로 하여 자아의 중심성을 유지하는 자아의 서정시와 자아의 중심성을 벗어나는 탈자아의 탈서정시라는 이분법으로 조정되었다.

* G. W. F. 헤겔, 두행숙 옮김, 『헤겔미학』Ⅲ, 나남출판, 1996, 509쪽.

서정시와 탈서정시라는 수상한 이분법은 원자론적인 '자아'를 지양하는, 세계를 향한 지향성으로서의 '자아' 를 통해서 재고될 수 있을 것이다. 근대 자아 개념의 변천사는 이러한 가능성을 생각해 볼 수 있게 한다. 잘 알려져 있다시피 근대적 사유는 나(I)라는 고립된 주체 개념을 조정하는 과정에서 특히 20세기 들어서 주체성의 관계론적 성격을 요청해 왔다. 에드문트 후설은 『데카르트적 성찰』에서 나라는 주체를 가리키는 자아(Ego)와 이와 구별되는 다른 주체를 가리키는 타아(他我, Alter Ego) 사이의 관계로 이를 표현했다.

이제 와서 얘기지만 서정시가 타자, 타아, 타인 '들' 과 관계 맺는 복잡한 주체화 과정을 미적인 것으로 정돈하는 고도의 장치가 아니라면 무엇이겠는가. 근대 이후 서정시는 '고립된 주체'가 아니라 자아와 타아 사이의 관계 속에서 형성된 상호주관성(intersubjectivity)을 탐색하는 실험장이었다고 해도 틀린 말이 아닐 것이다.

이번 시집에서 확인되는 시적 주체성은 타자에 대한 지향성 속에서 부단히 형성된다. 시집 제목 "세상에 없는 당신을 기다리다"에서 알 수 있듯이 사랑의 대상인 당신은 세상에 없는 존재이며 나로 환원될 수 없는 '타인'이다. 이때의 '당신'에 대한 한 이해를 우리는 레비나스가 일반적인 타자와 구분하는 타인 개념으로부터 얻을 수 있다. 프랑스어에서 타자와 관련된 표현은 두 가지로 나뉜다. 하나는 일반적인 타자를 가리키는 오트르autre이고 다른 하나는 다른 사람(타인)을 가리키는 오트뤼autrui이다. 오트르가 표현하는 일반적인 타자는 모두 동일자로 통합될 수 있는 것인 반면, 오트뤼가 표현하는 타인은 동일자로 환원될 수 없는 것이다. 가령 일본인에 대해 한국인은 타자이며, 마찬가지로 한국인에 대해서도 일본인은 타자이다. 이렇게 각각의 주체는 다른 주체에 대하여 타자이지만, 레비나스는 이러한 타자들을 진정한 의미의 타인이라고 할 수 없다고 말한다. 왜냐하면 이러한 타자들은 다른 주체들에 대하여 타자이기에 앞서, 그것 자체가 이미 하나의 동일성 내지 본질을 갖춘 주체들, 곧 동일자들이기 때문이다. 따라서 일본인과 한국인이 서로에 대하여 타자라면, 이는 먼저 일본인과 한국인이 각각의 민족적 동일성에 따라 규정된 동일자 주체들이기 때문에 생겨나는 결과다. 이 경우에는 주체가 타자에게 책임감을 느낄 이유가 없을 것이다. 오히려 주체와 타자의 관계는 갈등과 폭력의 관계로 나타나기 쉽다. 하지만 레비나스가 제기하는 타인은 어떤 정체성도 없이 내게 무한대의 책임을 요구하는 존재이다. '나'는 '거기 없는 당신'인 타인에 대한 '과도한 사랑'으로 인해 이전의 나의 정체성에 고착되지 않고 다른 주체성으로 이행할 수 있게 된다.

　사랑은 서로가 서로의 바깥에서 자신을 투명하게 드러내고 투명하게 응시함으로 해서 "서로에게 아픈 사람"이 되는 것임을 담담하게 들려주는 이번 시집의 첫 시(『거울』)에서 시작하여, "나무 밑동"이 "의자"의 몸으로 맞은 눈송이를 체내에 받아들이면서, 나무 밑동과 눈송이가 하나이자 둘로서 따로 또 같이 슬픔을 읊조릴 수 있는 종시(『나무 밑동』)에 이르기까지, 우리는 사랑의 관계 맺음을 통해서 가능해지는 존재 변이를 낯설게 체험한다.

　　지난 생에 나는 거기 없는 당신을 기다리는 벌을 받고 울다가 내 안으로 들어와 몸져누운 날이 있었습니다
　　모두가 우두커니 서서 육신을 익혀 가는 계절, 몽둥이에 흠씬 두들겨 맞은 듯 엉덩이에 푸른 멍이 번지던 저녁이 있었습니다

　　한 시절 몸을 탐하느라 나를 잊을 뻔도 했습니다 아파하려고 꽃이 나에게 왔다는 것, 위독은 병이 아니라 이별의 예각에 숨어 피는 꽃이라는 것조차

　　거기 없는 당신을 기다리다가 끝내 당신 속으로 들어

간 마음이 진물처럼 흘러나와 어찌할 수 없을 때, 바람은 스스로 지운 꽃 냄새를 풍기며 선득하게 나를 지나가고 말았습니다

당신이 없다면 어느 몸이 아프다고 저렇게 큰 잎을 피워내서 뒤척일까요

아무렇게나 태어난 아이들이 골목길로 꿀꺽꿀꺽 뛰어드는 환청, 꽃을 숨기느라 땅이 저물고 하늘이 붉어지는 것을 몰랐습니다

세상에 태어난 적 없는 꽃 냄새가 당신도 없이, 입안에 가득하였습니다

—「무화과를 먹는 저녁」 전문

위의 시는 "무화과"를 "거기 없는 당신" "숨어 피는 꽃"으로 아름답게 호명하고 있다. 여기서 "당신"은 누구일까? 흥미로운 점은 "거기 없는 당신"이 "지난 생"과 현생에 걸쳐있는 방식이다. 대중문화에서 흔히 반복되는 모티프가 지난 생에 '있었던 당신' 즉 타자(autre)가 현생에도 있게 되는 사건이라면 위 시의 모티프는 지난 생에 거기 없는 당신 즉 타인(autrui)에 대한 환기를 통해 현

생에는 '있을 수도 있는 당신'의 가능성이 역설적으로 제기된다. 그럴 때의 당신은 '꽃 냄새를 풍기는 바람'으로 감지된다.

"한 시절 몸을 탐하느라 나를 잊을 뻔도 했습니다"에서 '나'는 "몸"을 가진 나를 단독자로 믿고 탐닉하던 근대적 주체에 의해 소외되었던 또 다른 '나'라고 하겠다. 하지만 나는 이미 당신이 이 세계의 숨은 원리, 숨은 꽃임을, 그 꽃을 숨기기 위해 "땅이 저물고 하늘이 붉어지는 것"임을 알게 되었다. 나는 이제 "거기 없는 당신" "속으로 들어간 마음이 진물처럼 흘러나와 어찌할 수 없"는 존재로 다르게 주체화된다.

무화과를 먹는 저녁, '나—우리'는 이렇게 고백한다. "세상에 태어난 적 없는 꽃 냄새가 당신도 없이, 입안에 가득하였습니다". 아, 바람이 분다.

2. 이별의 예각에서 피는 꽃

서정시가 즐겨 노래하는 사랑에는 유한한 전유의 운동, 즉 탈전유가 있다. 나라는 자아는 나의 일부가 아닌 것을 원하고 원하는 과정에서 부단히 제 주체성을 형성한다. 이는 먹고 마시고 지각하고 애도하는 것에서만

103

큼이나 사랑 관계에서도 그렇다. 그런데 어떤 사물 또
는 타아가 나의 일부가 되는 데에서, 또는 내가 이를 원
한다는 데에서 어떤 이로움이 발생하기 위해서는 이들
이 충분히 타자 또는 타인으로 남아있어야 한다. 이번
시집에서 "엉덩이에 푸른 멍"(「무화과를 먹는 저녁」)은 사랑,
즉 탈전유의 결과 내 몸에 새겨진 당신의 흔적이다. 흔
적은 이번 시집에서 반복적으로 다뤄지는 모티프인 바,

　　당신, 지워버릴 수 없어요

　　나는 흙이었고 당신은 내가
　　뜨겁게 구워낸 발자국

　　내 가슴에 쿡쿡 찍힌,

　　잘못 찍힌
　　흔적이란 말 마세요

　　내가 내 살을 파내고 새겨 넣은
　　당신을, 당신이

　　　　　　　　—「용암이 흘렀던 자리」 전문

저 투명하게 지워진 물의 기억 속에도
물결이 남아있을까

그대 몸에 손을 댄다 그렇게 뜨거웠다던
사랑의 신열은 아직도
끓는점을 지나가지 못한 것 같았다

불이 닿자
희고도 눈부신 그대의 영혼이
물의 몸을 벗어던졌다

나는 뜨거운 물의 날개를 잡으려 했다

그대 기다려주지 않았다
손바닥에
그대 살던 물집 하나 남아
내 사랑 이토록 쓰라리고 아픈 것일 뿐

한번 불을 본 물은
어떤 형식에도 묶이지 않았다

　　　　　　　　　　　　　—「끓는 물」 전문

거기 없는 당신, 숨어 피는 꽃은 '나-우리'가 되는 환대의 과정을 거쳐 이제는 "내가/ 뜨겁게 구워낸 발자국" "내가 내 살을 파내고 새겨 넣은/ 당신"(「용암이 흘렀던 자리」)에 대한 "사랑의 신열"(「끓는 물」)로 표상된다. 당신이 내게 일으키는 "물결"은 "어떤 형식에도 묶이지 않"지만 내게는 "물집"(「끓는 물」)을 남기기 마련이다. 당신은 내게로 와서 나를 다른 주체로 태어나게 하고 사라지지만 사실 당신은 나-우리로 내 안에서 지워지지 않는 화인이 되어버렸다. 당신이 내게 남긴 물집은 성장통을 앓고 난 내가 살아낸 궤적인 "물결"이리라.

이번 시집에서 '나-우리'의 삶은 '병-당신'과의 만남과 헤어짐의 반복으로 유비되는데 이러한 유비에서 의미심장한 것은 면역체계의 작동 방식이다. 일반적인 병의 치유 과정에서 우리 신체의 면역체계는 병-당신을 공격하고 병-당신은 신체에 자신의 흔적을 남기고 떠나간다. 그런데 이러한 유비는 병-당신을 극진한 사랑으로 받아들이고 있는 시적 상황과 괴리되지 않는가. 시적 주체는 병-당신을 영접하기 위해서 오히려 저 자신의 신체 훼손("내가 내 살을 파내고 새겨 넣은" 「용암이 흘렀던 자리」)도 서슴지 않고 있으니.

이성목 시인에게서 발견되는 시적 사랑은 '자가면역'이라는 신체의 작동 방식에 부합하고 있다. 자가면역은

인간을 포함한 생물체가 모종의 원인으로 인해 자기 자신이 생존하는 데 중요한 기능을 하는 면역체계를 스스로 약화시키거나 파괴시키는 작용을 가리킨다. 예를 들면 류머티즘, 강직성 척추염, 다발경화증 등이 자가면역질환에 해당한다. 이러한 신체 작용의 유비를 통해서 우리가 생각해 볼 수 있는 것은 '나'가 나일 수 있기 위해서는 무한대의 타인을 받아들일 수 있어야 한다는 사실이다. 주체의 생존을 위해 타인을 '섭취'하는 일은 수동적으로 그저 마지못해서 타인을 받아들이는 활동에 그치지 않는다. 때때로 나는 자발적으로 자신의 면역체계를 약화시키고 심지어는 파괴하는 데까지 나아가야 한다. 이성목의 시는 "거기 없는 당신"을 환대하는 우리가 왜 그렇게나 아팠던지 되돌아보게 한다. "이미 내가 된 당신"은 "푸른 칼"로 나의 "명치"를 찌르고, 나는 다시 "당신의 등 뒤로"(「등 뒤의 사랑」) 다가서야 하는 시적 사랑이 왜 그렇게나 (불)가능했는지 말이다. 혹시 그 불가능한 사랑이 실현되는 모습은 바닥을 받아들이는 한 켤레 구두의 형상에 가깝지 않을까?

바닥으로 살아가야 하는 때가 되었어요
바닥을 떠받들고 살아야 하는 시절이 왔어요
문 앞에 쪼그려 앉아, 귀를 안쪽으로 모으고

함께 쓸쓸한 밤을 보내야 하는 짝이 되었어요

여보, 우리는

비명이 징 박힌 켤레가 되었어요

오로지 발을 받으며 발을 경애하며

어쩔 수 없는 냄새에 대하여

뒤축에 쏠리는 불평등한 무게에 대하여

이제 침묵하는 법을 배워야 해요

입을 쩍 벌리는 그 순간이 버림받는 삶이 되는 것은

또 우리들뿐이겠는가

검은 구두 시대가 다시 온 것을 속삭여야 해요

여보, 우리는

혼자서는 버려질 수 없는 켤레가 되었어요

　　　　　　　　　─「구두의 시대가 왔어요」 전문

위의 시는 "거기 없는 당신"이나 "바람"이 드물게도 "여보"라고 불리는 순간을 포착한다. 이번 시집의 주조를 이루는 '나─우리'의 비대칭적인 관계에서 나는 끝없이 당신을 자신의 신체에 새겨 넣고 고통을 감내해야 했다면 위 시에서 구두의 알레고리는 대칭적인 "짝"이 되는 희유稀有한 기회를 허락한다. "비명이 징 박힌 켤레"로 함께 "침묵"하며 "바닥"을 '구원 없이' 견뎌낼 기회를 말이다.

3. 몸 없는 사랑

　지금까지 읽은 바 이성목의 시 세계는 이별의 예각
에서 피어나는 '나–우리'의 치명적 사랑의 노래이다.
여기서 우리는 타자를 동일화하려는 서정시의 폭력과
2000년대적인 '차이의 시'를 나누는 범주들이 무너지는
어떤 순간을 목격한다. 서정시는 자신을 분할하는 범주
들을 가로지르며 과도한 사랑의 아포리아를 감내해야
하지 않느냐고 우리 스스로 질문하게 한다.

　　남의 살이 간절히 그리운 날
　　당신 손목을 이끌고 뒷고기집에 갑니다
　　지글지글 살 익는 냄새에
　　콧구멍 벌렁벌렁 넓어져서
　　그 뻔한 돼지의 일생 따위야 까맣게 잊는데
　　어금니에 오도독 씹히는 소리
　　살 속에 하얀 뼈가 징처럼 박혀 있습니다
　　살이 그리운 사람에게 그저 살일 뿐인
　　살 속에 무엇이 이렇게 맺힌 걸까요
　　사랑을 나누다가 갑자기 뜨거워져
　　아침까지 어금니를 꼭 물고 울던 날처럼
　　목숨을 바치듯 고스란히 내어주는 몸이

그저 허기나 채우는 살점이 아니라는 걸

당신이 상추쌈에 청양고추를 보태

내 입에 가득 넣어준 다음 비로소 혀가 뜨거워집니다

오독오독 몸의 말이 들리기 시작합니다

　　　　　　　　　　　　　　　　—「오돌뼈」 전문

위의 시는 타자의 살을 먹는 행위와 사랑을 나누는 행위의 근본적 일치를 깨닫는 순간 "오독오독 몸의 말이 들리기 시작"했다고 고백하고 있다. "몸의 말이 들"린다는 것은 그 자체로 자기—촉발 또는 자기—변용을 통해 자기로부터 출발해서 자기로 되돌아오는 서정의 원천기술이 아니던가.

자아는 부단히 타자를 상징적, 이상적으로 내면화한다. 타자는 자아의 상징 구조 안으로 동일화됨으로써 자아가 연명할 수 있게 한다. 그런 의미에서 주체는 근본적으로 식인 주체라 할 수 있다. "아침까지 어금니를 꼭 물고 울던 날" 식인 주체인 우리는 자기—변용을 통해 "그 뻔한 돼지의 일생"을 애도할 수 있게 된다. 우리가 아는 한 애도는 상징화를 통해 타자를 나로부터 놓아주는 성숙함이거나 상징화를 거부하는 타자를 물질적 기호로 소유하려는 종교성의 원천이다.

밤새 서치라이트처럼 울고 난
다음의 바다였다

휴대폰을 다시 켜자
떼를 지어 몰려든 문자들이 파닥거리고

아가미가 상하기 전에 그것들을
풀어주어야겠다고 찾아간 등대였다

〈철수와 영희, 사랑만 나누고 가다〉

흰 벽을 파고 새긴, 징표들이여

우리도 끝, 인 것을 알았더라면
사랑 말고 무엇을 더 할 수 있었을까

나는 부레를 부풀리고 서서
세상에 없는 당신을 오래 생각하고 있었다
　　　　　　　　　　　　　　—「땅끝 등대」 전문

이성목 시 세계의 한 축이 앞 장에서 살펴보았던 바
"거기 없는 당신"이 과거("지난 생" 「무화과를 먹는 저녁」)에 없던 것을 지금-여기에 생성하는 역량에 연루되어 있다면 "우리도 끝"인 상황에서 "세상에 없는 당신"은 또 다른 축에서 '애도'의 문제를 상기시킨다. 당신을 영접하는 일은 시작하는 순간 이미 항상 끝이 도래해 있다는 점에서 이 두 축은 공시적으로 존립한다. 그런데 이 시에서 세워진 문제계는 결별의 순간 "흰 벽을 파고 새긴, 징표들"과 "아가미가 상하기 전에 그것들을/ 풀어주"려는 욕망의 충돌이 부단히 서정시의 주체 형성에 관여하고 있다는 점일 것이다.

상징화를 통해서 죽음(작별)의 타자성을 지우고 놓아주기와 납골을 통해 타자의 장소를 소유하기 사이에 우리를 세워놓는 서정시는 우리에게 결정 불가능한 아포리아를 일깨운다. 아포리아를 견뎌내는 데서부터 서정시 읽기가, 애도의 애도가 시작된다.

들어보라. "갈가리 찢어버리는 몸 없는 사랑"의 "죽도록 시끄러운" "고통과 신음"을

바람에 나뭇잎이 흔들린다

몸이 없는 사람과도 사랑을 나눌 수 있다는 듯이
몸을 뒤집어 떨고 있다
몸이 없는 사람의 심장과 맥박을 고스란히 짚은 듯이

몸이 찢어지도록 몸부림친다

나무의 신념은 잎을 버리고서라도 서있겠다는 것

신념의 말단에서 위태롭게 시작하는 나뭇잎
갈가리 찢어버리는 몸 없는 사랑의 결말까지도
결코 뿌리를 흔들 수 없다는 것

그리하여
몸 없는 고통과 신음이 죽도록 시끄러운 자가 있어
밑동을 잘라주기를

나뭇잎이 바람을 흔들고 있다
                                    ―「몸 없는 사랑」 전문

  20여 년간 구축해 온 이성목의 시 세계를 읽으면서
우리는 자연스럽게 서정시를 읽는 '행위'의 의미가 무엇
인지 묻게 된다. 혹은 우리가 "몸 없는 고통과 신음"을
견뎌왔음을 깨닫는다. 세상에 없는 당신이 나의 나뭇잎
을 흔드는 동안 나뭇잎은 이미 도래해 있는 당신의 몸
없는 사랑을 흔들고 있다.
  이번 시집 『세상에 없는 당신을 기다리다』를 수없이

읽고 다시 덮었을 거기 없는 당신은 "사랑이 우리를 덮
치는 날"(『녹는 눈사람』)에 몸의 말을 듣는 사람이리라.

저자 약력 이성목

1996년 『자유문학』으로 등단. 시집 『뜨거운 뿌리』(문학의전당, 2005), 『노끈』(애지, 2012, 아르코우수문학도서), 『함박눈이라는 슬픔』(달아실출판사, 2018, 한국문화예술위원회 문학나눔도서) 등 출간.

redpoem@hanmail.net

시작 연애시선 0003 세상에 없는 당신을 기다리다

1판 1쇄 펴낸날 2019년 8월 9일
지은이 이성목
펴낸이 이재무
책임편집 박은정
편집 디자인 민성돈, 장덕진
펴낸곳 (주)천년의시작
등록번호 제301-2012-033호
등록일자 2006년 1월 10일
주소 (03132) 서울시 종로구 삼일대로32길 36 운현신화타워 502호
전화 02-723-8668
팩스 02-723-8630
홈페이지 www.poempoem.com
이메일 poemsijak@hanmail.net

ⓒ이성목, 2019, printed in Seoul, Korea

ISBN 978-89-6021-443-9 04810
     978-89-6021-333-3 04810(세트)

값 10,000원